Vente du Mardi 23 Décembre 1913

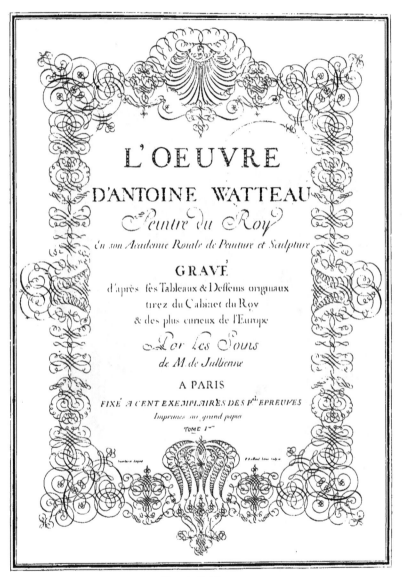

L'OEUVRE

D'ANTOINE WATTEAU

Peintre du Roy

En son Académie Royale de Peinture et Sculpture

GRAVÉ

d'après les Tableaux & Desseins originaux
tirez du Cabinet du Roy
& des plus curieux de l'Europe

Par les Soins
de M. de Jullienne

A PARIS

FIXÉ A CENT EXEMPLAIRES DES P.res EPREUVES
Imprimés sur grand papier
TOME I.er

N° 1 du Catalogue.

Mᵉ ANDRÉ DESVOUGES   M. LOYS DELTEIL

CATALOGUE

DES

ESTAMPES

FORMANT L'ŒUVRE GRAVÉ

D'ANTOINE WATTEAU

———

Dont la vente aura lieu

à Paris, HOTEL DROUOT, Salle N° 10

Le Mardi 23 Décembre 1913

à 2 heures précises

———

Par le Ministère de M⁺ ANDRÉ DESVOUGES

COMMISSAIRE-PRISEUR

26, rue de la Grange-Batelière

Assisté de M. LOYS DELTEIL, Graveur et Expert

2, Rue des Beaux-Arts

CONDITIONS DE LA VENTE

Elle sera faite au comptant.

Les adjudicataires paieront *dix pour cent* en sus des enchères.

M. Loys Delteil remplira les commissions que voudront bien lui confier les amateurs ne pouvant y assister.

MM. les Amateurs pourront visiter la collection, 2, *rue des Beaux-Arts*, du Lundi 8 au Lundi 22 décembre 1913 (*le 17 Décembre et les Dimanches exceptés*).

N° 55 du Catalogue.

DÉSIGNATION

ŒUVRE GRAVÉ

D'ANTOINE WATTEAU

1. L'ŒUVRE GRAVÉ D'ANTOINE WATTEAU, titre (deux exemplaires) et dédicace (L'Art et la Nature). Trois feuillets.

2. La Troupe Italienne (E. de Goncourt, 1). Très belle épreuve du 4° état (sur 5).

3. Recrue allant rejoindre le Régiment (2). Très belle épreuve.

4. FIGURES DE MODES (3-9 et 738-742). Suite complète d'un frontispice et de onze pièces (sept gravées par lui-même), tirés à quatre par feuillet. Très belles épreuves, *avec* les 1ʳᵉˢ adresses.

5. Watteau (Ant.), par L. Crépy fils (10) — La plus belle des Fleurs.... (La Rosalba ?), par J.-M. Liotard (19). Deux pièces. Très belles épreuves, tirées sur la même feuille.

6. Watteau et son ami M. de Julienne, par Tardieu (14). Très belle épreuve.

7. Rebel (J.-B.), par J. Moyreau (16). Très belle épreuve.

8. Ant. de la Roque, par Lépicié (17). Superbe épreuve.

9. Retour de Chasse (Mme de Verthamon), par B. Audran (18). Superbe épreuve.

10. La Peinture — La Sculpture (20-21). Deux pièces par Desplaces, se faisant pendants. Très belles épreuves, tirées sur la même feuille.

11. Départ pour les Isles, par P. Dupin (23). Très belle épreuve.

12. Le Naufrage, par le Cte de Caylus (24). Très belle épreuve.

13. La Ste Famille, par Mme Du Bos (31). Superbe épreuve.

14. L'Amour désarmé, par B. Audran (33). Superbe épreuve.

15. Les Amusemens de Cythère, par L. Surugue (35). Très belle épreuve.

16. Diane au bain, par P. Aveline (36). Très rare épreuve, *avant toute lettre*.

17. Les Enfants de Bacchus — Les Enfants de Sylène (37-38). Deux pièces, par Fessard et Dupin, se faisant pendants. Très belles épreuves.

18. Fêtes au dieu Pan, par M. Aubert (40). Très belle épreuve (légère tache).

19. Pomone, par F. Boucher (41). Très belle épreuve, *avant* le privilège.

20. La même estampe. Très belle épreuve, avec le privilège.

21. Le Sommeil dangereux, par M. Liotard (42) Très belle épreuve.

22. Le Triomphe de Cérès, par Crespy (43). Très belle épreuve.

23. Les Saisons (46-49). Suite de quatre pièces, par Desplaces, Mme Dubos, Fessard et Audran. Très belles épreuves.

24. Louis XIV metant le cordon bleu à Monsieur de Bourgogne, par N. de Larmessin (50). Très belle épreuve.

25. Détachement faisant halte, par C. Cochin (51) — Chasse aux Oiseaux, par le Cte de Caylus (191). Deux pièces. Très belles épreuves.

26. Camp volant — Retour de campagne (52-53). Deux pièces, par N. Cochin, se faisant pendants. Très belles épreuves.

27. Les Fatigues de la Guerre — Les Délassements de la Guerre (54-55). Deux pièces par G. Scotin et Crespy fils, se faisant pendants. Très belles épreuves.

28. Escorte d'équipages, par L. Cars (56). Très belle épreuve.

29. Alte — Défillé (sic) (57-58). Deux pièces, par J. Moyreau, se faisant pendants. Très belles épreuves.

30. Départ de Garnison, par Ravenet (59). Très belle épreuve.

31. L'Alliance de la Musique et de la Comédie, par J. Moyreau (63). Très belle épreuve.

32. Comédiens François, par J.-M. Liotard (64) Très belle épreuve.

33. L'Amour au Théâtre François (65). — L'Amour au Théâtre Italien (69). Deux pièces, par C.-N. Cochin, se faisant pendants. Très belles épreuves.

34. Comédiens Italiens, par Baron (68). Très belle épreuve.

35. Départ des Comédiens Italiens en 1697, par L. Jacob (70). Très belle épreuve.

36. La Troupe Italienne, par F. Boucher (71). Superbe épreuve.

37. Le Docteur — La Villageoise (73 et 90). Deux pièces, par B. Audran et Aveline. Belles épreuves tirées sur la même feuille.

38. Arlequin, Pierrot et Scapin — Pour nous prouver que cette belle.... (75 et 177). Deux pièces, par L. Surugue, se faisant pendants. Belles épreuves tirées sur la même feuille.

39. Belles n'écoutez rien.... — Pour garder l'honneur d'une belle.... (76-77). Deux pièces, par Cochin, se faisant pendants. Très belles épreuves, tirées sur la même feuille.

40. Coquettes qui pour voir galans.... par H.-S. Thomassin (78). Très belle épreuve.

41. L'Amante inquiète — La Rêveuse (81 et 88). Deux pièces, par P. Aveline, se faisant pendants. Très belles épreuves, tirées sur la même feuille.

42. La Fileuse — La Marmotte (82 et 85). Deux pièces par B. Audran, se faisant pendants. Très belles épreuves, tirées sur la même feuille.

43. La Finette — L'Indifférent (83-84). Deux pièces, par B. Audran et G. Scotin, se faisant pendants. Superbes épreuves, tirées sur la même feuille.

44. Mezetin, par B. Audran (86). Très belle épreuve.

45. La Pollonnoise (sic), par M. Aubert (87). Très belle épreuve.

46. La Sultane, par B. Audran (89). Très belle épreuve.

47. L'Occupation selon l'Age, par Dupuis (92). Très belle épreuve.

48. Le Chat malade, par J.-E. Liotard (93). Très belle épreuve.

49. L'Enseigne, par P. Aveline (95). Superbe épreuve.

50. L'Accord parfait, par Baron (97). Très belle épreuve, grandes marges.

N° 43 du Catalogue.

51. Les Agréments de l'Esté, par J. de Favannes (99). Très belle épreuve.

52. Les Agréments de l'Été, par Joullain (100). Belle épreuve (petite tache).

53. L'Amour paisible, par Baron (102). Très belle épreuve.

54. L'Amour paisible, par J. de Favannes (103). Très belle épreuve.

55. Amusements champêtres, par B. Audran (104).
Superbe épreuve.

56. Assemblée galante, par Le Bas (108). Très belle
épreuve.

57. L'Aventurière — L'Enchanteur (109 et 130). Deux
pièces par B. Audran, se faisant pendants. Très
belles épreuves, tirées sur la même feuille.

58. Le Bal champestre (111). Très belle épreuve.

59. Le Bosquet de Bacchus, par C.-N. Cochin (113).
Superbe épreuve.

60. La Cascade, par G. Scotin (115). Superbe épreuve.

61. Les Champs-Elysées, par N. Tardieu (116). Très
belle épreuve.

62. Les Charmes de la Vie, par P. Aveline (117).
Superbe épreuve.

63. La Colation, par Moyreau (118). Très belle
épreuve.

64. Le Concert champêtre, par B. Audran (119). Très
belle épreuve.

65. Le Conteur, par N. C. Cochin (120). Très belle
épreuve.

66. La Contredanse, par Brion (122). Belle épreuve.

67. La Conversation, par M. Liotard (123). Très belle
épreuve.

68. Les deux Cousines, par Baron (124). Très belle
épreuve.

69. La Danse paysane, par B. Audran (125). Superbe
épreuve.

70. La Diseuse d'aventure, par L. Cars (127). Très
belle épreuve.

71. L'Embarquement pour Cythère, par Tardieu (128).
Très belle épreuve.

N° 62 du Catalogue

N° 71 du Catalogue.

RÉCRÉATION ITALIENNE   ITALICENSIS OBLECTATIO

72. Entretiens Amoureux, par J. M. Liotard (131). Superbe épreuve.

73. Les Entretiens badins — Du bel âge où les jeux... (32 et 173). Deux pièces par B. Audran et J. Moyreau, tirées sur la même feuille.

74. La Famille, par P. Aveline (134). Très belle épreuve.

75. Fêtes Vénitiennes, par L. Cars (135). Très belle épreuve.

76. La Game d'Amour, par Le Bas (136). Très belle épreuve, grandes marges.

77. Harlequin jaloux, par Chedel (137). Très belle épreuve.

78. L'Ile enchantée, par Le Bas (139). Très belle épreuve.

79. L'Ile de Cythère, par N. de Larmessin (140). Très belle épreuve.

80. Les Jaloux, par G. Scotin (142). Très belle épreuve.

81. Le Galand Jardinier, par J. de Favanaes (143). Très belle épreuve.

82. Leçon d'Amour, par C. Dupuis (144). Très belle épreuve.

83. Le Lorgneur, par G. Scotin (146). Superbe épreuve.

84. La Lorgneuse, par Scotin (147). Superbe épreuve, grandes marges.

85. La Mariée du village, par C. N. Cochin (148). Très belle épreuve.

86. La Musette, par Moyreau (149). Superbe épreuve.

87. La Partie quarrée, par J. Moyreau (150). Très belle épreuve.

88. Le Passe-tems, par B. Audran (151). Très belle épreuve, grandes marges.

89. La Perspective, par Crespy (152). Superbe épreuve du 1er état, *avec* la faute.

90. Pierrot content, par E. Jeaurat (153). Belle épreuve.

91. Le Plaisir pastoral, par N. Tardieu (154). Très belle épreuve.

92. Les Plaisirs du Bal, par Scotin (155). Très belle épreuve.

93. Promenade sur les remparts, par Aubert (157). Très belle épreuve.

94. La Proposition embarrassante, par N. Tardieu (158). Très belle épreuve.

95. Récréation Italienne, par Aveline (100). Superbe épreuve.

96. Le Rendez-vous — Le Teste à teste (102 et 168). Deux pièces par B. Audran, se faisant pendants. Belles épreuves, tirées sur la même feuille.

97. Rendez-vous de chasse, par Aubert (164). Superbe épreuve.

98. La Sérénade Italienne, par G. Scotin (165). Superbe épreuve.

99. La Surprise, par B. Audran (167). Très belle épreuve.

100. Le Teste-à-teste, par B. Audran (168). Très belle épreuve.

101. Bon Voyage, par B. Audran (169). Très belle épreuve.

102. Heureux âge !... — Iris, c'est de bonne heure... (174-175). Deux pièces par Tardieu, se faisant pendants. Très belles épreuves, tirées sur la même feuille.

103. *Sous un habit de Mezetin...*, par Thomassin fils. Très belle épreuve.

104. Voulez-vous triompher des Belles, par Thomassin (179). Très belle épreuve.

N° 59 du Catalogue.

N.º 95 du Catalogue.

105. Les Saisons (180-183). Suite de quatre pièces, par Brillon, Moyreau, J. Audran et N. de Larmessin. Très belles épreuves.

106. La Danse champestre, par P. Dupin (185). Très belle épreuve.

N° 42 du Catalogue.

107. Le Colin-Maillard, par Brion (187). Très belle épreuve.

108. Le Repas de campagne, par Desplaces (188). Très belle épreuve.

109. L'Indiscret, par Aubert (189). Superbe épreuve.

110. La Chute d'eau, par J. Moyreau (192). Superbe épreuve.

111. Le Marais — L'Abreuvoir (194-195). Deux pièces, par L. Jacob, se faisant pendants. Très belles épreuves, tirées sur la même feuille.

112. Retour de guinguette, par P. Chedel (196). Très belle épreuve.

113. Veue de Vincennes, par F. Boucher (197). Très belle épreuve.

114. Feste bachique — La Balanceuse — Partie de Chasse — Le May (199-202). Suite de quatre pièces, par Moyreau, Le Bas, Scotin et Aveline. Très belles épreuves (une très légèrement rognée dans le haut).

115. Diverses Figures chinoises (203-214). Suite complète de douze pièces, par F. Boucher, tirées sur trois feuilles.

116. Diverses Figures Chinoises et Tartares (215-226). Suite complète de douze pièces, par Jeaurat, tirées sur trois feuilles. Très belles épreuves.

117. Viosseu ou Musiciens Chinois — Femme Chinoise de Kouei Tchéou (227-228). Deux pièces par Aubert, se faisant pendants. Très belles épreuves, tirées sur la même feuille.

118. Scènes Chinoises (229-232). Quatre pièces par Aubert, formant série. Très belles épreuves.

119. Le Vendangeur — Bacchus — Le Frileux — L'Enjoleur (237-240). Suite de quatre pièces. Superbes épreuves.

120. Le Faune — Le Buveur — Momus — La Folie (241-244). Suite complète de quatre pièces par Aveline et Moyreau. Superbes épreuves.

121. Le Bouffon — La Chasseuse (245-246). Deux pièces par G. Huquier, se faisant pendants. Très belles épreuves, tirées sur la même feuille.

122. La Danse bachique, par Huquier (267). Superbe épreuve.

LA VOLTIGEUSE.

Nº 121 du Catalogue.

LA BALANÇEUSE

Nº 114 du Catalogue.

123 La Voltigeuse, par Huquier (268). Superbe
épreuve.

124. Le Dénicheur de Moineaux, par F. Boucher (270).
Très belle épreuve.

125. L'Escarpolette, par L. Crepy (273). Superbe
épreuve, *avant* le nom du graveur.

N° 133 du Catalogue.

126. Le Galant, par B. Audran (276). Très belle épreuve.

127. Un Temps de Pluye — Une Naissance de Vénus
(288-289). Deux pièces par Huquier, tirées sur la
même feuille.

128. La Cause badine, par Moyreau (291). Belle
épreuve.

129. Les Saisons, par Huquier (292-293, 2 pl. non
décrites). Suite de quatre pièces. Très belles
épreuves, tirées sur deux feuilles. Rares.

130. Le Rendez-vous (ou l'Heureuse rencontre) —
L'Amusement (294-295). Deux pièces par Huquier, se faisant pendants. Très belles épreuves,
tirées sur la même feuille.

131. Le Chasseur content — Le Repos gracieux (296-297). Deux pièces, par Huquier, se faisant pendants. Très belles épreuves, tirées sur la même feuille.

132. Le Duo champêtre — Le Présent champêtre (298-299). Deux pièces, par Huquier, se faisant pendants. Superbes épreuves, tirées sur la même feuille.

133. Le Berger content — Le Marchand d'orviétan — La Favorite de Flore — L'Heureux Moment (300-303). Suite de quatre pièces, par Crepy fils et Moyreau, sur deux feuilles. Très belles épreuves.

134. La Favorite de Flore, par J. Moyreau (302). Très belle épreuve.

135. Vénus blessée par l'Amour, par Caylus et Aveline (308). Très belle épreuve.

136. Paravent de six Feuilles (309-314). Suite complète de six pièces, par L. Crepy, tirées sur trois feuilles. Très belles épreuves.

137. Dessus de clavecin, par le Cte de Caylus (315). Très belle épreuve (mouillure).

138. Les Canards, par Jeaurat (333) — Vénus et l'Amour, par Caylus (307). Deux pièces. Très belles épreuves, tirées sur la même feuille.

139. La Coquette, par F. Boucher (334). Très belle épreuve.

140. FIGURES FRANÇOISES ET COMIQUES... (743-750). Suite complète de huit pièces, par Cochin, Desplaces et Thomassin. Très belles épreuves, tirées sur deux feuilles.

FRAZIER-SOYE

GRAVEUR-IMPRIMEUR

153-155-157, Rue Montmartre

PARIS

Printed in the USA
CPSIA information can be obtained
at www.ICGtesting.com
LVHW020307171123
764221LV00009B/331

9 782329 368009